CACHORRITOS

GOLFO

ELLEN
MILES

SCHOLASTIC INC.
New York Toronto London Auckland Sydney
Mexico City New Delhi Hong Kong Buenos Aires

A Jaime

Originally published in English as *The Puppy Place: Rascal*
Translated by Enriqueta Fernández.

ISBN 13: 978-0-545-02198-2
ISBN 10: 0-545-02198-7

12 11 10 9 8 7 6 5 4 3 2 1   7 8 9 10 11 12/0

Printed in the U.S.A.
First Spanish printing, November 2007

CACHORRITOS

GOLFO

Otros libros de la serie Cachorritos:

CAPÍTULO UNO

—¿No tienes miedo? —preguntó Charles—. Yo me moriría de miedo. Los caballos son enormes y, además, te pueden morder.

Lizzie se rió. A veces su hermano menor salía con unas cosas descabelladas. Los niños de segundo grado eran así. Ella, como estaba en cuarto, sabía más.

—Los caballos no muerden —dijo Lizzie.

Charles movió la cabeza de arriba abajo.

—Sí que muerden —repitió—. La mamá de Sammy dijo que le había mordido uno al darle una zanahoria.

—¿De verdad? —Lizzie dejó de mirar por la ventana de la sala y miró a su hermano—. ¿Un caballo la mordió? —a Lizzie eso no le parecía posible—. Los caballos no comen carne. Son vegetarianos.

—También lo eran los triceratops y no me gustaría que uno me mordiera —dijo Charles.

Lizzie asintió. En eso, Charles tenía razón.

—Aun así —dijo ella—, yo no tengo miedo.

Pero sí tenía.

Nadie lo sabía, pero desde que había hablado con su amiga María sobre las clases de equitación, Lizzie estaba temiendo que llegara el sábado. Y ahora, ya había llegado el momento.

Lizzie siempre había amado a los animales. Los perros eran sus favoritos, pero el resto de los animales también le parecían maravillosos: los pingüinos, las ovejas, los tigres, los pandas y ¡hasta las iguanas! Lizzie los adoraba a todos. Adoraba aprender sobre ellos, dibujarlos y verlos en el zoológico y en los espectáculos de animales. Todo el mundo sabía que Lizzie Peterson adoraba los animales. Lo que no sabían era que ella, en secreto, le tenía miedo a los caballos.

Si se trataba de perros, les gustaba cuidarlos, jugar con ellos y entrenarlos. Charles y ella se morían por un perro, pero hasta el momento, no habían logrado convencer a sus padres para que los dejaran tener uno. O por lo menos, no para siempre.

La familia Peterson acogía cachorritos que necesitaban un hogar y los cuidaba hasta que encontraba el dueño perfecto. Hasta el momento, la familia había acogido a tres y Lizzie y Charles se habían enamorado de cada uno de ellos.

Los cachorritos daban mucho trabajo, ¡pero también se disfrutaban mucho! Lizzie podía jugar con un cachorrito el día entero y nunca se enojaba si la mordía con esos colmillos afilados que tenían de pequeños.

¡Pero un caballo!

Eso era otra historia.

Charles tenía razón. Los caballos eran enormes. Un caballo no podía acurrucarse a dormir en tus piernas como lo hacía un cachorrito. Nunca se sabe lo que te puede hacer un caballo, como darte una coz o morderte.

Lizzie se encogió de hombros. Se volvió a asomar a la ventana para ver si veía llegar el auto azul del papá de María. Tenía que estar a punto de llegar. La venían a recoger para llevarla al establo. María estaba muy entusiasmada de que, finalmente, Lizzie iba a ir con ella. María adoraba los caballos y tomaba clases de equitación desde los tres años. Hasta tenía toda la indumentaria requerida: botas de montar, esos pantalones raros y un casco.

—Mis papás no van a querer comprarme toda esa ropa de montar —le había dicho Lizzie a María con la esperanza de salir del compromiso de ir al establo. Pero esa no resultó una buena excusa.

—Eso no es ningún problema —le había contestado María—. Puedes usar *jeans* y zapatos deportivos. Para Katia, lo único que es obligatorio es el casco y yo tengo uno de más que puedes usar.

Katia era la entrenadora de equitación de María. Ella y su esposo, William, eran los dueños del establo y vivían al lado del mismo. Lizzie llevaba semanas oyendo hablar de Katia: lo amable que era, lo mucho que sabía sobre caballos y las buenas clases que daba. María estaba *segura* de que a Lizzie le iba a encantar Katia, el establo y los caballos, tanto como a ella.

Lizzie no estaba muy segura, pero había decidido que la mejor manera de resolver la situación, era enfrentándose a ella. Y eso quería decir ir al establo con María, conocer a Katia y montarse en uno de los caballos, ¡huy!

Cada vez que pensaba en eso, le sudaban las manos y el corazón le comenzaba a palpitar.

—¿Estás lista, cariño? —dijo la mamá de Lizzie atravesando la sala detrás de Frijolito, el hermano más pequeño de Lizzie.

A Frijolito (su verdadero nombre era Adam, pero nadie lo llamaba por su nombre) le gustaba jugar a ser un perro. Ahora, llevaba un muñeco de peluche en la boca y gateaba a toda velocidad. Jugaba a escaparse de su mamá.

La Sra. Peterson se detuvo y miró a Lizzie con curiosidad.

—Debes de estar muy ilusionada con las lecciones de equitación.

—Creo que sí —dijo Lizzie encogiéndose de hombros.

—Eres una niña muy valiente —le dijo el Sr. Peterson. Había llegado a la sala con el periódico de la mañana en la mano, el mismo para el que trabajaba la mamá de Lizzie, y se había sentado en el sofá—.

Personalmente, siempre le he tenido un poco de miedo a los caballos. Son muy grandes.

Charles se acercó a su papá y chocaron los cinco.

—Eso es exactamente lo mismo que yo le dije —dijo Charles.

Lizzie miró a su papá fijamente. Él era un adulto y, además, ¡bombero! Nunca se hubiera imaginado que le tuviera miedo a algo y mucho menos a los caballos. Si él les tenía miedo...

Por un segundo Lizzie pensó desistir. Todo lo que tenía que hacer era admitir a sus padres que estaba aterrorizada. Ellos no la obligarían a hacer algo que a ella le daba miedo.

Entonces, escuchó un auto en la entrada de la casa.

—¡Creo que ahí está María! —dijo.

Ya era muy tarde. Ahora tenía que seguir adelante. Pero mientras caminaba hacia la puerta, escuchó un perro ladrar. Fuerte. Muy alto. De manera estridente.

—Ese no es Simba —dijo.

La mamá de María era ciega y Simba era su perro guía. Simba era un labrador grande y tranquilo que casi nunca ladraba.

Lizzie abrió la puerta y vio un auto en la entrada del garaje. Pero no era azul, era verde y una señora salía de él. En una mano llevaba una bolsa de comida de perro. En la otra, una correa de perros de color rojo con un cachorrito adorable. Era blanco con manchas negras y canela. Saltaba de arriba abajo como si sus patas fueran resortes. Ladraba a más no poder.

Ya toda la familia de Lizzie estaba parada en la puerta, detrás de ella, mirando al cachorrito.

—¡Por favor! —exclamó la señora que llegaba—. Tienen que ayudarme.

CAPÍTULO DOS

—Es Susan, una compañera de trabajo —dijo la Sra. Peterson dirigiéndose a ella—. ¿Susan, qué haces...?

—No puedo soportarlo más —dijo la señora—. Hemos tratado. De verdad que hemos tratado. Pero no podemos con este perro.

El perro no paraba de ladrar y Susan tuvo que gritar para que la pudieran escuchar.

De pronto, un bebé que estaba en su sillita dentro del auto empezó a llorar y otros dos niños rubios sentados junto al bebé la llamaron:

—¡Mamá! ¡Mamá, mamá!

Lizzie se acercó a la señora y agarró la correa.

—Ven aquí, perrito —dijo mientras se agachaba para cargarlo—. Tranquilo. ¡Shh! No seas majadero.

¡Suéltame! ¡Suéltame! ¡Suéltame! El perrito se sacudía y ladraba. De qué le valía visitar una casa si

no podía explorarla. ¡Bueno, qué iba a hacer! Si no podía bajarse, por lo menos se haría amigo de la niña.

El perrito se retorció un poco, pero luego pareció sentirse a gusto en los brazos de Lizzie. Dio unos cuantos ladridos más y empezó a lamerle la cara. Comenzó por la barbilla y luego le lamió dentro de la nariz. Lizzie se rió porque le hacía cosquillas. No podía creer lo cariñoso que era ese perrito.

La señora la miró agradecida y se dio la vuelta para atender a los niños que estaban dentro del auto.

—Está bien, muchachos —dijo—. Estas personas van a cuidar bien de Golfo.

Les quitó los cinturones de seguridad para que se bajaran y cargó al bebé.

—¡Golfo!—. A Lizzie le encantó el nombre. Era perfecto para ese perrito bribón.

La Sra. Peterson se acercó y le dio un abrazo a su amiga.

—Susan trabaja conmigo en el periódico —le explicó a la familia—, es correctora de pruebas. Corrige todos los errores que yo cometo en los artículos que escribo.

Ya para entonces, Charles estaba junto a Lizzie y le acariciaba el pelo áspero a Golfo.

—¿De qué raza es? —preguntó.

—Es un Jack Russell terrier —contestaron Lizzie y Susan al mismo tiempo.

Lizzie había reconocido la raza de Golfo en cuanto lo vio. Era igualito al Jack Russell de su póster "Las razas de perros del mundo": pequeño, musculoso y con una cola gordita y corta. Tenía las orejas levantadas con las puntitas dobladas, un hocico negro puntiagudo y ojos negros y brillantes. Era curioso y ¡estaba listo para lo que fuera!

Susan asintió.

—Así que ya conocías esta raza. Yo no, hasta que mis hijos vieron a un perrito de esa raza en una película. En cuanto lo vieron, no me dejaron vivir insistiendo que querían un Jack Russell terrier. Pensaban que era el perro más lindo del mundo.

—Son, sin duda, adorables —dijo Lizzie.

—Entonces fuimos a una tienda de perros y escogimos a este cachorrito —continuó Susan—. Parecía el más cariñoso de la camada.

—¿En una tienda de perros?—. Lizzie sabía que las tiendas de perros no eran el mejor lugar para comprar cachorritos. Si Susan hubiera comprado el cachorrito en un criadero o en un refugio de animales, le habrían dado información sobre los Jack Russell. ¡Esos perros tienen mucha energía!

Susan afirmó con la cabeza.

—Yo sé que, probablemente, no fue lo más inteligente, pero me dejé llevar por los niños.

—¿Cuántos meses tiene? —preguntó Charles.

—Cerca de seis meses —respondió Susan.

Ya Golfo estaba en el suelo. Lizzie lo había tenido que bajar porque no paraba de sacudir las patitas. Corrió directamente al jardín y saltó sobre un tulipán rojo, dándole un tirón a Lizzie.

—¡Oye! —dijo el Sr. Peterson—. Lizzie, no dejes que vaya al jardín.

Lizzie haló la correa, pero Golfo la ignoró. Saltó sobre un tulipán amarillo y luego sobre otro rojo. Era tan lindo y tan simpático que todos, por un momento, lo miraron riéndose. Pero, finalmente, Lizzie lo alejó del jardín y lo puso en la hierba.

¿Se puede saber cuál es el problema? ¡Me estaba divirtiendo! Golfo giró tres veces a la derecha y luego tres veces a la izquierda y brincó en su sitio unas cuantas veces. Todo esto sin dejar de ladrar. Cuando terminó, ya se había olvidado de los tulipanes. ¡Hurra! ¡Qué agradable era sentir la hierba! ¡Qué buena vida!

—Como les iba diciendo, es un perrito adorable, cariñoso y feliz. Pero desde que lo compramos no hace más que crear problemas —dijo Susan—. Ladra. Salta sobre los muebles. Persigue al gato del vecino. Lo muerde todo y no me hace el menor caso. —Meció al bebé que estaba cargando—. No puedo más con él. También tengo tres niños que atender.

—¡Nosotros lo cuidaremos! —dijo Charles. Estaba arrodillado junto a Golfo. Lizzie aguantaba la correa y Charles estaba enseñándole a dar la patita.

—¡Un momento, Charles! —dijo la mamá—. Yo no estoy muy segura de eso.

—Como me dijiste que les encontraban casa a todos esos cachorritos —dijo Susan—, esperaba que pudieran hacer lo mismo con Golfo.

—¡Sí, es cierto! Por fa, mamá —dijo Lizzie—. No nos tenemos que quedar con él para siempre. Solo podemos acogerlo hasta que le encontremos el lugar apropiado.

Miró al perrito que estaba masticando los cordones de los zapatos de Charles. Era, realmente, un cachorrito precioso. A Lizzie le gustaban más los perros grandes, pero Golfo parecía ser un perrito muy divertido.

—Estoy segura de que podemos enseñarle a portarse mejor —agregó.

—Los chicos han hecho un buen trabajo con los otros cachorritos que hemos acogido —dijo el papá.

—Lo sé —contestó la mamá—. Pero este perrito da mucho trabajo.

—Está entrenado a hacer sus necesidades afuera —dijo Susan—. Y nunca ha tenido un "accidente".

—¿Ves, mamá? Es inteligente —dijo Lizzie—. Va a aprender rápido. Solo necesita mucha atención y Susan no puede dársela.

—En realidad —dijo la mamá suavemente—, si ustedes piensan que pueden atender a este perrito...

—¡Ah! —gritaron Lizzie y Charles a la vez. Golfo saltó y dio vueltas, ladrando.

En ese momento, un auto azul estacionó frente a la casa.

—¡María! —dijo Lizzie. Se había olvidado de las clases de equitación y ahora tenía la excusa perfecta para no ir. Obviamente, tenía que quedarse en casa para ayudar con el nuevo cachorrito.

Golfo, el cachorrito problemático, había llegado en el momento preciso.

CAPÍTULO TRES

Lizzie había leído recientemente que cuando se entrenaba a un perro era una buena idea llevar un diario. Y decidió escribir un diario para Golfo.

Diario de entrenamiento: Golfo

Primer día, sábado

Golfo vino hoy. Sin duda, ¡está lleno de energía! Después de diez minutos en la casa, mamá nos suplicó que lo lleváramos afuera. Sammy vino a ayudarnos a Charles y a mí a pensar en la mejor manera de quitarle los malos hábitos a Golfo.

—Así que este es el nuevo cachorrito —dijo Sammy mientras observaba cómo Golfo correteaba por el patio, ladrando sin parar—. Me alegro de no haber traído a Rufus y a Canela. Creo que con este perrito tienen suficiente.

Rufus era un labrador retriever viejo y Canela era una perrita joven. Canela fue el primer perro que acogió la familia Peterson. Le tomaron mucho cariño y fue difícil dejarla ir. Pero, por lo menos, ahora vivía al lado.

—No estoy muy segura. A lo mejor ellos pueden ser una buena influencia para Golfo. ¡Este perrito parece loco!

Lizzie había aprendido mucho sobre el entrenamiento de perros en el Internet, en los libros y con entrenadores de perros que había conocido, pero no estaba muy segura de que sus conocimientos le iban a servir de mucho con este cachorrito. Definitivamente, tenía una personalidad muy fuerte y tanta energía como una jauría completa.

—A mamá no le gustó nada cuando entró en la sala y lo vio saltando en el sofá —dijo Charles.

—Y del sofá a la silla y de la silla a la mesa —agregó Lizzie—. Creo que sus patas nunca tocaron el suelo.

Golfo se preguntaba por qué nadie lo perseguía. Era divertido correr en círculos, pero era mucho más divertido cuando alguien iba detrás. Ladró un poco más. ¿Por qué los niños no querían jugar con él?

Golfo corrió hacia Lizzie y volvió a alejarse.

—Quiere que corra detrás de él —dijo Lizzie—. Pero yo no voy a seguirle la corriente. Tiene que aprender que la mejor manera de llamar la atención es acercándose y sentándose tranquilamente.

—¡Ja! —dijo Charles—. ¡Eso nunca va a suceder!

—Si tenemos paciencia, es posible —y le enseñó a Charles y a Sammy las galletas para perros que tenía en el bolsillo—. A eso se le llama adiestramiento positivo motivacional. Si hace algo bien, se le da una golosina. El libro dice que es mejor enseñar así que a gritos.

—Umm —dijo Charles—. A lo mejor debemos hablarle a mamá del adiestramiento positivo motivacional. Si me dieran helado cuando termino mi tarea, probablemente la haría más rápido.

—Yo creo que mi mamá ya lo sabe —dijo Sammy—. Me ha prometido un nuevo guante de béisbol si mantengo mi habitación limpia por todo un mes.

Mientras conversaban, Golfo había, finalmente, parado de ladrar y de correr por todo el patio. Lizzie notó que la miraba y se hizo la que no se había dado cuenta. Golfo se le acercó ladeando la cabeza con curiosidad. Lizzie siguió ignorándolo. Finalmente, Golfo se sentó junto a ella.

—¡Muy bien, Golfo! —le dijo Lizzie y le tiró una galleta.

Golfo saltó y la agarró en el aire. Se la zampó y salió corriendo a toda velocidad.

—Bueno —dijo Lizzie riéndose—, por algo se empieza.

Diario de entrenamiento: Golfo

Segundo día, domingo

Esta es una lista de las cosas que Golfo ha mordisqueado en las primeras 24 horas de su estancia con nosotros:

Las bandas de la mochila de Charles

Los guantes preferidos de mi papá

   (El derecho está totalmente destruido. El izquierdo
se puede usar pero le falta el dedo gordo).

Mi libro de matemáticas

   (Eso no importa mucho).

La manta amarilla de Frijolito

Las sandalias nuevas de mamá

Lizzie podía haber agregado más cosas a la lista, pero era muy deprimente. La manía de Golfo de mordisquearlo todo era un verdadero problema. El domingo por la mañana, después de que mamá descubrió sus sandalias, o lo que quedaba de ellas, en el piso del baño, Lizzie comenzó a buscar más información en el Internet. ¿Cómo podía entrenar a un cachorrito para que dejara de morderlo todo?

Lo primero que Lizzie aprendió fue: No le des al cachorrito la oportunidad de morder las cosas. Después del almuerzo, el Sr. Peterson, Charles y

Lizzie cerraron la cocina con una de las rejas de cuando Frijolito era un bebé. De ahora en adelante, Golfo se quedaría en la cocina. Si no podía andar por toda la casa, sería más difícil que encontrara algo y lo mordiera.

—Además, así no saltará en los muebles —le dijo Charles a Lizzie.

Golfo los miró desde la cocina. Gimió, ladró y dio algunos saltos.

Lizzie también aprendió que era una buena idea darle al cachorrito sus propias cosas para morder, como juguetes de goma hechos especialmente para sus dientes afilados. Le tiró, entonces, un hueso hecho de piel de vaca. Golfo corrió a cogerlo y se tumbó muy contento debajo de la mesa de la cocina a roerlo.

"¿Por qué no le habían dado este hueso delicioso desde un principio?", pensó Golfo. Estaba mucho más rico que las otras cosas que había tratado de comerse. Y además, nadie se lo iba a quitar. Se encontraba a salvo en la cocina detrás de la reja. ¡Qué buena vida!

Lizzie miró a Golfo y negó con la cabeza. No se había imaginado a un perro al que ella no pudiese entrenar. Golfo era un gran reto.

Pero no se iba a dar por vencida. Tenía que seguir intentándolo.

CAPÍTULO CUATRO

—Parece que Golfo da más trabajo del que pensabas —dijo María mientras le ofrecía a Lizzie una galletita de su almuerzo.

—Sí —dijo Lizzie. Tomó la galletita y comenzó a roerle las esquinas. Luego, suspiró—: No me gusta aceptarlo, pero no sé qué hacer para entrenarlo.

Ya había abandonado la idea del diario. Se disgustaba cada vez que tenía que escribir todas las cosas malas que Golfo había hecho. Entrenar a Golfo se había convertido en un trabajo al que tenía que dedicarle todo su tiempo. Solo habían pasado dos días y ya estaba agotada. Ir a la escuela era como unas vacaciones.

—A lo mejor, lo que necesitas es un descanso —le dijo María—. Yo tengo clases de equitación después de la escuela y apuesto a que Katia te puede incluir si quisieras venir.

Lizzie negó con la cabeza y se comió el último pedazo de la galleta.

—No puedo —dijo—. Inscribimos a Golfo en la escuela de cachorritos y las clases comienzan hoy.

—¿Escuela de cachorritos? —María se rió—. ¿Qué hacen en esa clase, pintar con los dedos y jugar con bloques?

Lizzie sonrió al imaginarse a los cachorritos dejando huellas de pintura por toda la escuela. ¡Eso sí que sería meter la pata!

—No. Son clases de obediencia; cosas básicas como sentarse y caminar con la correa. También se les enseña a comportarse cuando están con otros perros. Será divertido.

A Charles y a Lizzie les pareció realmente divertido cuando llegaron a la escuela esa tarde. El Sr. Peterson los dejó en el Centro de Recreación de Littleton y les prometió regresar a tiempo para observar los últimos diez minutos de la clase.

Golfo tiró fuerte de la correa al oír los ladridos de los otros perros. Prácticamente, arrastró a Charles escaleras arriba.

—¡Oye! —le gritó Charles—. ¡Más despacio!

—Me parece que alguien necesita aprender a caminar con la correa —dijo una chica mucho mayor que llegaba justo en ese momento. Le extendió la mano a Charles.

—Soy Julia, la maestra. Y este es...

—Golfo —dijo Lizzie—. Ayer lo inscribimos. Lo tenemos desde el sábado.

—Ah, ya sé —dijo Julia—. Ustedes son la familia que acoge a los perritos. Charles y Lizzie Peterson, ¿cierto? He oído hablar mucho de ustedes. Uno de sus perritos va a ser un perro guía, ¿verdad?

Charles y Lizzie se miraron. ¡Se estaban volviendo famosos con eso de acoger cachorritos! ¡Qué bien! Lizzie asintió.

—Sí, Sombra, el último cachorrito que cuidamos.

—Me parece maravilloso —dijo Julia—. Me alegro.

Abrió la puerta del gimnasio y los ladridos se hicieron más fuertes.

—¡Mi madre! —dijo Lizzie cuando vio tantos cachorritos.

Había seis. No, siete. ¡Ocho! Corrían, tropezaban y se revolcaban mordiéndose unos a otros. Uno de ellos, un perro salchicha marrón, se hizo pis en una esquina mientras su dueña conversaba con el dueño de un cachorrito de bulldog.

—¡Ay, ay, ay! —dijo Lizzie señalando el lugar.

Julia se encogió de hombros y sacó un rollo de papel toalla de su bolsa.

—Así son las cosas en una escuela de cachorritos —dijo—. Ya puedes soltar a Golfo —agregó, mientras caminaba hacia la esquina a secar el charquito—. Mantenemos la puerta cerrada para que los perritos puedan jugar tranquilamente, antes de comenzar la clase. Así liberan alguna energía.

—Pero... —comenzó a decir Lizzie. No estaba segura de si Golfo se llevaría bien con los otros perros. Ni siquiera se había atrevido a presentarle a Rufus y a Canela.

—¡No le quites la vista de encima! —le advirtió Julia mientras iba a hablar con otra persona.

—Bueno, Golfo. Ya puedes irte —le dijo Charles cuando le quitó la correa.

¡Hurra! ¡Libre al fin! Esa correa es horrible. ¿Es que no entienden que él necesita correr y jugar? Además, tenía algo que hacer. Tenía que demostrarle a todos esos perros quién era el jefe.

En cuanto lo soltaron, Golfo salió disparado por el gimnasio. Corrió de un cachorrito a otro saltándoles por encima y dándoles a entender que él era el que mandaba. El perrito salchicha le saltó por encima también, pero el bulldog, que era más grande, tembló de miedo y se metió entre las piernas de su dueño. Después, se abalanzó sobre un labrador retriever negro, un pastor alemán con orejas gigantescas y luego, contra dos caniches, uno negro y uno blanco.

Golfo le robó la pelota a un cachorrito negro de mucho pelo y persiguió a un simpático corgi galés de patas cortas, hasta que este se refugió debajo de las gradas.

Lizzie y Charles corrieron detrás de Golfo por todo el gimnasio tratando de evitar que continuara asustando a todos los otros cachorritos.

—¡Golfo! —le dijo Lizzie—. ¡Pórtate bien!

—Vamos, Golfo —le pidió Charles—, ¿puedes ser un poco más sociable?

A Lizzie le faltaba el aire.

—Atención, por favor. Pónganles las correas a sus perritos para comenzar —dijo Julia desde el centro del gimnasio.

—¡Sí, claro! Ni que fuera tan fácil.

Lizzie y Charles ya sabían lo complicado que resultaba atrapar a Golfo si él no quería.

—Ven aquí —dijo Lizzie.

La niña trató de agarrarlo en el momento en que pasaba corriendo como un bólido en dirección al temeroso bulldog. Lizzie se moría de vergüenza. Ya todos los demás estaban formando un círculo con sus respectivos perritos, listos para empezar.

Finalmente, Julia lo agarró mientras Golfo trataba de revolcarse con el perro negro. No lo soltó del collar hasta que Lizzie pudo ponerle la correa.

—Gracias —dijo Lizzie, sonrojada.

—No hay de que —le contestó Julia—. Es como un niño malcriado y por eso viene a la escuela de cachorritos, ¿no?

Julia miró a Lizzie sonriente.

Una hora después, Julia ya no sonreía. Golfo ladraba cada vez que Julia trataba de hablar, corría detrás de los otros perros durante la práctica de caminar con la correa y trató, tres veces más, de robarle el juguete de goma al cachorrito negro.

—Golfo —dijo finalmente Julia—, yo creo que tenemos que sacarte de la clase por un rato.

Le pidió a Lizzie y a Charles que lo llevaran afuera por unos minutos para que se calmara.

Lizzie no sabía si debía volver a entrar, pero Golfo necesitaba entrenamiento y ¡ella necesitaba ayuda!

—Lo siento mucho —le dijo a Julia cuando terminó la clase—. Creo que lo mejor sería no traerlo más.

¿Qué sería de Golfo si no iba más a la escuela?

—No debes preocuparte —dijo Julia—. Tienes que seguir tratando. Créeme, yo los he visto peores. Y al final, aprenden.

Lizzie comenzó a dudarlo.

CAPÍTULO CINCO

—¡Ya casi llegamos! —María saltaba en el asiento mientras el auto azul de su papá rodaba por un camino sin asfaltar lleno de baches—. ¡No puedo creer que hayas venido!

—Ni yo tampoco —dijo Lizzie, con la esperanza de sonar entusiasmada y no nerviosa.

Por fin había llegado el día de su primera lección de equitación. Su mamá había insistido en que descansara de Golfo, así que no lo pudo poner por excusa. En menos de media hora se encontraría montada en uno de esos gigantescos caballos. ¡Eso si tenía suerte! De lo contrario, estaría tendida en la tierra después de que el caballo la tumbara. Lizzie tembló. Solo de pensarlo se le aceleraba el corazón.

—Te va a encantar, te lo aseguro —continuó hablando María—. Todo el mundo es maravilloso y los caballos son geniales. ¿Te acuerdas que te hablé del caballo Tony, el que se lastimó una pata? Katia y William lo han cuidado muy bien y ya está casi listo para ser montado de nuevo.

—¡Qué bien! —dijo Lizzie.

María apenas notó que Lizzie le había hablado. Estaba tan emocionada que no paraba de hablar. Lizzie no estaba segura de cuáles de los nombres que María había mencionado eran de personas o de caballos: Sally, Frankie, Tony, Katia, Vanessa, Lucero, Don Palomo... Los nombres se confundían unos con otros.

—Cálmate un poco —le dijo a María su papá tocándola en el hombro—. Dale una oportunidad a Lizzie de ver el lugar y conocerlo por su cuenta.

María continuó saltando en el asiento.

—¡Ya llegamos! —gritó cuando el auto se detuvo frente a un viejo establo.

Al lado había un picadero, un círculo de tierra rodeado de una valla de madera. Y cerca, una pradera para que los caballos pastaran.

—¡Mira, ahí está Tony! —María señaló a un caballo blanco con manchas negras. El caballo comía hierba y sacudía la larga cola negra mientras masticaba—. Parece una pintura. Es como un pony indio. ¡Tooony!

María lo llamó e hizo un chasquido con la lengua. Lizzie y María salieron del auto y Tony se acercó trotando.

El papá de María se despidió y se alejó en el auto. Lizzie lo vio alejarse y deseó haber regresado con él.

María le dio a Lizzie una zanahoria grande.

—Ven, dásela y será tu amigo para siempre.

Lizzie se quedó de una pieza.

—¡Hazlo! —dijo María—. ¡No te va a hacer nada!

Lizzie se rió nerviosamente.

—Ya lo sé.

—Bueno, le doy yo una primero —dijo María.

Tony mordió la zanahoria. Tenía unos dientes enormes. Tony metió la nariz por la cerca y le empujó el brazo a Lizzie.

—¡Oye! —protestó Lizzie.

—Solo quiere la zanahoria —le dijo María.

Con mucho cuidado, Lizzie sostuvo la zanahoria de la misma forma que María lo había hecho: puso la zanahoria en la palma de su mano. Tony la tomó suavemente. Lizzie solo sintió su aliento tibio. Ahora que lo tenía tan cerca, podía sentir su olor peculiar, y le había gustado. Su pelaje era brillante y su nariz parecía suave y aterciopelada.

—Lo puedes acariciar —le sugirió María.

Lentamente, Lizzie levantó el brazo y le acarició el cuello. Tony sacudió las orejas y resopló mientras se inclinaba sobre ella. Lizzie dio un paso atrás, pero en realidad no había sentido miedo. Era posible que algunos caballos fueran malos, pero Tony, obviamente, no era peligroso y era muy manso.

—¡Le caes bien! —observó María.

—¿Has visto alguna vez que a Tony no le caiga bien alguien, especialmente si le da zanahorias? —Una señora que llevaba unos *jeans* y una camisa de trabajo se les acercó—. Tú debes de ser Lizzie —dijo extendiendo la mano—. Yo soy Katia. Me da mucho gusto que hayas venido.

—¿Podrá montar Lizzie hoy? —preguntó María.

Katia hizo una pausa y miró a Lizzie.

—Por qué no —dijo—. Yo creo que a ella le gustaría Sally, ¿no crees?

—Es perfecta —agregó María—. Voy a ensillarla.

Lizzie se imaginó un caballo sentado en una silla.

—¿Qué? —preguntó Lizzie.

—Voy a ponerle la montura y las riendas. A eso se le llama ensillar —explicó María. Tomó a Lizzie de una mano—. Ven, te muestro cómo hacerlo. La próxima vez podrás ensillar a tu propio caballo.

Lizzie siguió a María hasta la caballeriza. Era oscura y sombreada. Olía a humedad y a una mezcla de heno, caballo y piel. Lizzie respiró profundamente mientras caminaba por el pasillo. Los caballos asomaban la cabeza desde sus establos como para saludar y María iba diciendo el nombre de cada uno. Cada establo tenía una placa de madera tallada a mano con el nombre del caballo.

—Ese es Bravo y esta Esmeralda y este es Pinto —dijo María—. La yegua negra es Azabache. Es un poco asustadiza.

—Este me gusta —dijo Lizzie, señalando a un caballo dorado con una crin rubia.

—Esa es Esfinge. Es una yegua palomino. ¿No es una belleza?

Sally, una yegua gris, resultó ser muy mansa, no muy grande y sociable. María llevó a Lizzie al cuarto de los arreos para tomar la montura y las riendas. Después fueron al establo para sacar a Sally. La yegua esperó pacientemente mientras María le enseñaba a Lizzie a colocar la montura y a asegurarse de que la cincha estuviera bien apretada. Luego, Sally dejó que Lizzie la llevara hasta el picadero.

Katia las esperaba en la puerta del picadero.

—Monten —dijo. Señaló un bloque de madera—. Pueden usarlo como escalón para que les sea más fácil.

Lizzie titubeó.

—Vamos —dijo Katia—. Pon el pie izquierdo en el estribo y pasa la pierna derecha por arriba. Sally te puede esperar todo el día, pero mientras más rápido lo hagas, más pronto estarás montando.

En menos de lo esperado, Lizzie se vio arriba de Sally en medio del picadero. Katia dirigía a Sally con una larga soga mientras animaba a Lizzie.

—¡Muy bien! Mantén los talones abajo y levanta la cabeza. ¡Codos afuera! ¡Excelente!

—Luces muy bien montando a Sally —le dijo María, con una sonrisa de oreja a oreja.

También Lizzie sonreía. Montar a caballo le había hecho olvidar a Golfo. Estaba sorprendida. ¡Nunca lo había pasado tan bien!

CAPÍTULO SEIS

—¡Golfo, no!

Lizzie no podía creer cuántas veces había dicho esas mismas palabras en los últimos diez minutos.

Golfo, Charles y ella estaban de nuevo en la escuela de cachorritos y hacían todo lo posible por seguir las instrucciones de Julia.

Bueno, Lizzie y Charles trataban de seguir las instrucciones, porque lo que era Golfo trataba de crear la mayor cantidad de problemas posible. O así parecía.

—¿Cómo es posible que seas tan inteligente y tan lindo y a la vez tan insoportable? —le preguntó Lizzie al perrito.

Debían estar practicando caminar con la correa. Todos los dueños y sus perritos caminaban en un gran círculo alrededor del gimnasio.

Golfo ya le había ladrado al cachorrito de bulldog, había perseguido al perro salchicha y se había abalanzado sobre el labrador y los dos caniches. Y todo eso lo había hecho durante la lección para aprender a sentarse.

Ahora, trataban de caminar, pero Golfo agarraba la correa con los dientes y la sacudía gruñendo.

Grr, grr. Golfo le iba a dar una lección a la correa. Esa cosa tonta. ¿Alguna vez estas personas entenderían que lo que él necesitaba era correr, correr y correr?

Por un momento se detuvo cuando Lizzie le dijo "no". La miró con la cabeza ladeada como si le preguntara: ¿Quién, yo? Le brillaban los ojos negros. Tenía la orejita derecha parada y la izquierda doblada hacia delante y movía los bigotes. Golfo parecía entender lo que la niña le decía, aun sin poder contestar.

Lizzie sintió que se derretía. Este animalito tan adorable, tan inteligente y tan revoltoso realmente se merecía encontrar un buen hogar. Pero si no aprendía a comportarse, ¿quién lo querría?

—Muy bien. Todos han hecho un buen trabajo —dijo Julia.

Charles y Lizzie se miraron. Sabían que ella no se refería a Golfo cuando decía "todos".

Los otros perritos tampoco habían hecho las cosas perfectamente. Por ejemplo, a Arrugas, el bulldog, no le gustaba caminar con la correa y no se movió ni una pulgada. La cara arrugada del bulldog lo hacía lucir enfadado y Lizzie se echó a reír.

Trixie, el corgi galés, tenía la mala costumbre de robarle los juguetes a los otros perros. No importaba cuántos juguetes le habían llevado sus dueños: un muñeco de peluche, otro de goma que sonaba, pelotas, juguetes para morder; Trixie siempre prefería los juguetes de los demás.

Pero Golfo era el peor de todos. Definitivamente. Parecía que siempre tenía que acaparar la atención. No soportaba que Julia hablara por mucho tiempo o que otros perros fueran elogiados. Ladraba, saltaba y se movía de un lado para otro. Lizzie lo tenía que cargar para que se calmara.

Lizzie suspiró.

—Bueno, por lo menos no está comiéndoselo todo —dijo—. Pero eso es porque se pasa la mayor parte del tiempo encerrado en la cocina.

—Y ya sabe venir cuando lo llaman por su nombre —dijo Charles—. ¿Te acuerdas, Lizzie? Ayer lo hizo cinco veces seguidas.

—Es verdad —corroboró Lizzie—. Es muy inteligente. Lo que le pasa es que tiene mucha energía.

Julia asintió y se quedó pensando.

—Golfo necesita mucho ejercicio y suficiente espacio para correr —dijo. Luego recorrió el gimnasio con la mirada y vio que los otros dueños ya habían regresado del descanso.

Caminó hacia el centro y dijo:

—Muy bien. Ahora vamos a enseñarles a nuestros perros a estarse quietos.

Lizzie rezongó. No lo suficientemente alto como para que Julia la oyera. Solo un poquito. Hasta el momento, Golfo no había dado señales de progreso con eso de estarse quieto.

—Recuerden, lo que queremos es que nuestros perros se porten bien. Así que vamos a comenzar por pedirles que se estén quietos por aproximadamente dos segundos —dijo Julia—. Si lo logran, les daremos una golosina y los elogiaremos. La próxima vez, lo harán por tres segundos.

Les pidió a todos los dueños que se colocaran delante de sus perritos, aguantando la correa. Algunos de los perritos miraron a sus dueños en espera de instrucciones, pero Golfo, como la mayoría de los perritos, miró en otra dirección, distraído con cualquier ruido u olor.

¡Este lugar es súper! A Golfo le gustaba estar con otros perros. ¿Pero de qué le valía si no podía jugar con ellos? ¿Qué otra cosa podía ser más importante que jugar?

—Muy bien. Ahora pídanles a sus cachorritos que se sienten —dijo Julia.

—¡Siéntate! —dijo el grupo a coro. Cuatro perritos se sentaron, pero el labrador se echó al suelo y rodó. Golfo comenzó a ladrar y a saltar de arriba abajo. El pastor alemán dio dos pasos atrás y se quedó mirando a Golfo y sacudiendo las orejas. El perro salchicha olfateó el suelo. Charles, que le había tocado aguantar a Golfo, miró a Lizzie desesperanzado.

Julia ignoró a Golfo.

—¡Estupendo! —dijo Julia—. Ahora, coloquen la palma de la mano frente a sus cachorritos y díganles que se queden quietos.

—¡Quieto! —dijeron todos. Charles también lo dijo. Lizzie dudó que Golfo hubiera escuchado. Estaba muy ocupado ladrando.

—Uno, dos y ¡ya! —dijo Julia.

Todos los dueños dijeron ¡ya! y los perros se pararon agitando la cola.

Golfo no dejó de saltar y ladrar.

—Esto es todo por hoy —se despidió Julia mirando el reloj de pared—. Nos vemos en la próxima clase.

Lizzie y Charles salían cuando Julia los detuvo en la puerta.

—Lamento tener que decirles esto —dijo con mirada seria—, pero no creo que Golfo... bueno, no creo que Golfo se adapte a las clases. Pensé que podríamos ayudarlo, pero está impidiendo que los otros perros aprendan. Siento decirles que lo mejor es que no lo traigan más.

Lizzie bajó la mirada. Sabía que ese momento llegaría. Golfo estaba siendo expulsado de la escuela de cachorritos.

—Si lo desean, lo pueden traer para lecciones privadas —continuó Julia con voz dulce—, pero para ser honesta, creo que Golfo necesita un entrenamiento intenso para poder vivir con una familia en condiciones normales. Es posible que necesite un tipo de hogar diferente.

Lizzie la miró y luego miró a Golfo. ¿Qué era lo que ella estaba tratando de decir? ¿Que Golfo nunca aprendería a portarse bien? Entonces, ¿cómo iban a poder encontrarle un hogar? ¿Qué clase de familia de acogida eran ellos, si no eran capaces de ayudar a Golfo?

Golfo se preguntó por qué la gente estaba tan seria. ¡Lo había pasado requetebién! Saltó, ladró y jugó. ¿Por qué la niña lo miraba de esa manera?

CAPÍTULO SIETE

—¡Qué maravilla! —dijo María. Ella y Lizzie estaban en el establo ensillando a Sally de nuevo—. ¡No puedo creer que tus padres te dieran permiso para tomar clases de equitación!

—Me dijeron que las merecía por todo el tiempo que le he dedicado a Golfo —dijo Lizzie. Le dio unos golpecitos en el cuello a Sally y la vieja yegua relinchó suavemente. Lizzie estaba feliz de estar de regreso en el establo.

—¿Ya está aprendiendo a portarse bien? —preguntó María ajustando el estribo.

—En realidad, no —admitió Lizzie—. Mamá nos has dado a Charles y a mí otra semana para enseñarle a tener mejores modales dentro de la casa. Después de eso, lo tendremos que llevar a la Sociedad Protectora de Animales, con la esperanza de que ellos le encuentren un hogar.

María negó con la cabeza.

—No creo que eso sea bueno. Tú puedes darle mejor atención. Estoy segura de que algo se te ocurrirá. ¡Eres buenísima con los perros!

—*Era* buenísima con los perros —dijo Lizzie—. Con este... no sé.

—Bueno, ahora olvídate de Golfo por un rato y vamos a pensar en caballos —dijo María.

—Me parece bien —contestó Lizzie.

—Sally está lista —confirmó María—. ¿Por qué no vas al cuarto de los arreos y buscas mi otro casco mientras yo ensillo a Lucero?

Lucero era el caballo favorito de María, de pelo brillante y castaño, con una estrella blanca en la frente.

Después de ir por el casco, Lizzie se paseó por el establo, esperando a María. Saludó a algunos de los caballos que había conocido días antes: Bravo, Esmeralda, Pinto. Hasta acarició a Esfinge, una yegua palomino preciosa. Se mantuvo alejada de Azabache, el caballo negro que María dijo que era asustadizo. Lizzie no estaba segura de lo que quería decir eso, pero a lo mejor tenía algo que ver con dar coces o morder. Lizzie se estaba familiarizando con los caballos. No sentía tanto miedo como antes, pero lo mejor, pensó, era ser cautelosa.

Luego, miró al final del establo y vio un caballo marrón. Tenía la cabeza grande y elegante y unos ojos dulces que la miraron con curiosidad. Lizzie se admiró. Ella no sabía mucho sobre caballos, pero a primera vista se pudo dar cuenta de que era un caballo especial. Comenzó a caminar hacia él. El caballo sacudió la cabeza y relinchó al verla. Lizzie se detuvo por un momento, pero luego no puso resistir acercársele.

De pronto, escuchó un golpe y se detuvo de nuevo. ¿Qué había sido *eso*?

—¡Lizzie, quieta! —le gritó María desde el otro lado del pasillo—. ¡No te acerques más!

Lizzie retrocedió varios pasos, sin quitarle la vista al caballo, que sacudía la cabeza otra vez. Se le podía ver la parte blanca de los ojos y tenía las orejas echadas hacia atrás. Lizzie sabía que cuando las orejas de un perro lucían así, era casi siempre que estaba asustado o enojado.

A lo mejor con los caballos pasaba lo mismo.

María corrió hasta donde estaba Lizzie.

—Ese es Don Palomo —dijo—. ¿No es bellísimo?

Lizzie asintió. Era el caballo más bello que había visto. Su pelo castaño brillaba y la crin parecía de seda.

—¿Es peligroso? —preguntó Lizzie.

María negó con la cabeza.

—No. Pero está de mal humor. ¿Escuchaste ese ruido? Le daba coces a las paredes del establo.

Lizzie se alegró que no la hubiese pateado. Don Palomo era un caballo enorme. Parecía el doble del tamaño de Sally.

—¿Por qué está dando coces?

—Últimamente está hecho un cascarrabias —dijo María—. Es el caballo de Katia. Es un excelente saltador. Katia lo llevaba a los concursos de salto todo el tiempo, pero como últimamente es tan gruñón, ya no lo lleva. Yo creo que está aburrido y eso lo pone peor.

—Es posible que tengas razón —dijo alguien. Era Katia, que se acercaba al establo de Don Palomo. Fue directo al caballo y le frotó la nariz. El caballo rezongó, pero se dejó acariciar—. Eres un tonto. ¿Por qué no te portas bien como antes?

Lizzie suspiró.

—Es difícil hacer que los animales hagan lo que nosotros queremos —dijo Lizzie.

Katia la miró intrigada.

—Eso es absolutamente cierto —agregó—. Pero ¿lo dices por algún caballo que te haya dado problemas? ¡No me digas que fue Sally! Ella es buenísima.

—No —contestó Lizzie—. Es el perrito que mi familia ha acogido.

Lizzie le contó sobre Golfo. Katia escuchó atenta y asintió.

—Mi esposo, William, y yo tuvimos un Jack Russell —dijo Katia—. Se llamaba Pimienta. Era como la mascota del establo. ¿Sabes que los Jack Russell se usan mucho en los establos? Parecen llevarse bien con los caballos. Pimienta murió hace seis meses. Todavía extraño horriblemente al muy diablillo —se rió—. Esos perros son *tan* energéticos, que cuesta trabajo entrenarlos, aunque son muy inteligentes.

Lizzie se sintió mejor al escucharla.

Katia se quedó pensativa.

—¿Te gustaría traer a ese pequeñito por aquí la próxima vez? Cuando lo vea, es posible que te pueda dar algunos consejos para entrenarlo.

—¿En serio? —le preguntó Lizzie. Ya se le estaba ocurriendo una de sus grandes ideas. ¡A lo mejor, Katia podía adoptar a Golfo! Podía vivir en el establo con espacio de sobra para correr y jugar; y recibir también toda la atención que necesitaba. Lizzie no se imaginaba un lugar mejor para el cachórrito—. ¡Creo que sería estupendo! ¿De veras?

Katia asintió con la cabeza.

—Yo sé que me va a entristecer ver a un Jack Russell. William y yo decidimos que si teníamos otro perro, iba a ser de una raza diferente. Nunca podremos reemplazar a Pimienta. De todas formas, creo que podremos darte una ayudita con ese pequeño golfo.

—Sin duda la necesito —dijo Lizzie. Su gran idea no había durado mucho. Parecía que Golfo no iba a encontrar un hogar en el establo, pero de todas maneras iba a ser divertido traerlo—. ¡Muchas gracias!

—Y ahora —continuó Katia—, yo creo que alguien te está esperando —dijo señalando a Sally, que parecía impaciente—. ¿Estás lista?

CAPÍTULO OCHO

Cuando Lizzie regresó a casa del establo, encontró a Charles y a su mamá en la cocina. Tenía un hambre voraz. Definitivamente, montar a caballo le abría el apetito.

—¿Qué hay de cenar? —preguntó.

Se agachó para acariciar a Golfo, que saltaba y ladraba. ¡Siempre estaba feliz de verla! ¡Era algo tan agradable! Cuando se incorporó vio el ceño fruncido de su mamá. Charles tenía el dedo índice sobre los labios para hacerle saber a Lizzie que no debía decir ni una palabra

Frijolito imitó a Charles, con un ruidoso *¡shh!*

¡Ay, ay, ay!

—Bueno —dijo la Sra. Peterson—, íbamos a comer carne asada —cruzó los brazos y miró a Golfo—, pero mientras yo estaba arriba en la computadora buscando la receta, *alguien* se dio cuenta de que podía saltar lo suficientemente alto como para alcanzar la carne que estaba en el mostrador de la cocina.

Golfo dejó de saltar por un momento y se sentó a mirarlos a todos.

¿Por qué parecían enojados? ¿No estaban orgullosos de sus habilidades? ¿Cuántos perros podían saltar tan alto? Él era un saltador muy, pero muy bueno, aunque fuese él mismo el que lo dijera. Y ahora que había descubierto el mostrador de la cocina, su vida encerrado allí no sería tan aburrida.

Lizzie lo miró y movió la cabeza de un lado a otro. Golfo la miró fijo con sus brillantes ojos negros meneando su colita corta. ¿Cómo era posible que un perrito tan travieso fuera tan precioso?

—¿Qué vamos a hacer contigo? ¿Eh? —le dijo Lizzie a Golfo.

—Lo que vamos a hacer es encontrarle un lugar donde vivir —contestó la mamá.

—Pero mamá —agregó Charles—, ¿quién se va a quedar con él si se porta así de mal?

Ahora le tocaba a Lizzie hacerle una señal a Charles para que no dijera nada. Él estaba disgustado porque la carne asada era su comida favorita.

—Lo vamos a seguir entrenando —le prometió Lizzie a su mamá.

—Muy bien —dijo la Sra. Peterson—, pero está claro que necesitas ayuda. Le he pedido a Julia que le dé clases particulares y viene esta noche.

—¿Aquí, a casa?

Lizzie estaba sorprendida. No sabía que los entrenadores de perros iban a las casas.

—Julia dijo que es importante que toda la familia aprenda a entrenar a Golfo —dijo la Sra. Peterson—. Quiere que todos estemos presentes.

La mamá de Lizzie no parecía muy entusiasmada.

Sin embargo, a su papá le pareció una buena idea.

—Va a ser divertido —dijo cuando llegó a la casa con dos pizzas para la cena. Obviamente, su esposa lo había llamado para decirle lo de Golfo y la carne.

Apenas habían terminado de comer cuando sonó el timbre de la puerta. Golfo comenzó a saltar y a ladrar con su habitual ladrido estridente. Frijolito dejó de comer su pizza y se puso también a ladrar.

La Sra. Peterson se tapó los oídos.

Lizzie corrió hacia la puerta.

—Hola, Julia —dijo al abrir.

—Hola, Lizzie —le contestó Julia—. Espera un momento. Vamos a repetir lo que acabamos de hacer. Yo salgo, espero un minuto y luego toco el timbre. Si Golfo comienza a ladrar...

—Seguro que lo hará —dijo Lizzie.

—Cuando Golfo comience a ladrar —dijo Julia sonriendo—, tírale esto cerca de las patas. Trata de que no le dé y de que no sepa de dónde vino —le dio a Lizzie una lata de refresco vacía con algunos centavos adentro y bien cerrada.

—Ya sé lo que es —dijo Lizzie—. Utilicé una así cuando le hice pruebas a Sombra, un perrito que tuvimos que ahora va a ser un perro guía. Le tiramos muy cerca la lata llena de centavos para saber si se asustaba. No se asustó.

—Genial —dijo Julia—. Bueno, esta vez, la lata debería llamarle la atención a Golfo. Si cuando se la tiras deja de ladrar porque está sorprendido o curioso, elógialo y dale una golosina.

—Muy bien —dijo Lizzie. Cerró la puerta y regresó a la cocina. Saltó la reja de la entrada y le explicó el plan al resto de la familia. Luego, se paró al lado de Golfo hasta que el timbre de la puerta volvió a sonar.

Cuando Golfo lo escuchó, comenzó a ladrar.

Entonces, Lizzie le tiró la lata con los centavos.

¿Qué pasa? ¿Qué fue eso? Golfo escuchó el tintineo y se preguntó de dónde venía. Golfo estaba muy ocupado ladrando en ese momento como para detenerse a averiguar qué era. Tenía un trabajo que desempeñar. Tenía que avisar a esas personas que había alguien llamando a la puerta.

—Bueno, no funcionó muy bien que digamos —admitió Julia cuando Lizzie le abrió la puerta otra vez—. Pero no te preocupes. Probaremos con otras cosas.

Golfo continuaba ladrando cuando Lizzie y Julia entraron en la cocina.

—¡Golfo! —gritó el Sr. Peterson—. ¡Basta!

El Sr. Peterson no solía levantar la voz, pero todo el mundo estaba harto de los ladridos de Golfo.

—Yo sé que es frustrante —afirmó Julia—, pero traten de no gritarle. Traten de pensar como un perro. Si él ve que ustedes gritan, pensará que ustedes están haciendo lo mismo que él y querrá unírseles con ladridos.

—¿Pero qué otra cosa podemos hacer? —preguntó la Sra. Peterson quitándose las manos de las orejas para escuchar la respuesta de Julia.

—Ignórenlo —sugirió Julia—. Esperen hasta que se agote. Luego, elógienlo.

Todos ignoraron a Golfo.

Lo ignoraron todavía más.

Golfo continuó ladrando y saltando.

—Bueno —dijo Julia, finalmente—, si no funciona pueden probar a rociarlo con un poco de agua o agua mezclada con vinagre.

Julia sacó un frasco de su cartera y roció a Golfo cuando él no la estaba mirando.

¡Eh! ¿Qué fue eso? No era normal que lloviera dentro de las casas. Golfo giró en redondo tratando de averiguar de dónde salía el agua.

Los ladridos cesaron.

—¡Ahh! —dijo la Sra. Peterson.

—Por fin —dijo el Sr. Peterson.

—¡Qué perrito tan bueno! —le dijo Julia a Golfo, y le dio una galletita para perros—. Es posible que ahora podamos darte algún entrenamiento.

Julia se quedó trabajando con Golfo y la familia Peterson por una hora más.

Golfo trató de prestar atención. Trató en serio. Pero era muy aburrido tener que sentarse y más aburrido aun tener que quedarse quieto. Dar vueltas y saltar era mucho más divertido.

—Gracias por venir —le dijo la Sra. Peterson a Julia al despedirse. Todos los miembros de la familia se sentían agotados.

Julia suspiró.

—De nada. Me hubiera gustado haber logrado más. Pero la verdad es que, probablemente, Golfo nunca llegue a ser una buena mascota para una casa.

Charles y Lizzie se miraron.

—Voy a hacer algunas llamadas —continuó Julia—. Conozco una señora que tiene varios perros en una finca. Es posible que Golfo pueda quedarse con ella por un tiempo. Sus perros no reciben mucha atención, pero por lo menos tienen un lugar donde vivir.

El Sr. y la Sra. Peterson asintieron, pero Charles y Lizzie negaron con la cabeza. La finca parecía ser un buen lugar, pero Golfo necesitaba el amor de la gente y mucha atención. Tenían que seguir intentando encontrarle un buen hogar, y no les quedaba mucho tiempo.

CAPÍTULO NUEVE

—¿Están seguros de que esto es una buena idea? —preguntó el Sr. Peterson cuando dejó a Lizzie, a Charles y a Golfo en el establo al día siguiente después de la escuela. Golfo iba a conocer a Katia y luego Charles lo vigilaría mientras Lizzie tomaba su clase de equitación.

—Katia dijo que lo podía traer —respondió Lizzie—. A lo mejor nos ayuda a entrenarlo.

—Está bien —dijo el papá—. Solo asegúrense de que esté siempre con la correa. No queremos que se busque problemas.

María los estaba esperando.

—Hola, Golfo —dijo, agachándose para darle un abrazo—. ¡Eres tan lindo! Le vas a encantar a Katia.

—¿Dónde está Katia? —preguntó Lizzie.

—Debe de estar en el establo —dijo María yendo en esa dirección. Los demás la siguieron. Golfo iba detrás, tirando de la correa.

¡Qué magnífico lugar! A Golfo le encantaban los olores. Aquí sí hay mucho que explorar. ¡Mira! ¿Qué serán esos animales tan grandes? ¿Serán perros gigantes?

—A Golfo le gustan los caballos —dijo Lizzie riéndose mientras Golfo le daba tirones y se paraba para olfatear y saludar a cualquier caballo que lo veía asomar su carita por debajo de las puertas.

—Está tan contento que ni siquiera ladra —agregó Charles.

Golfo corría de un establo a otro dándole tirones a Lizzie. De pronto, sintieron un golpe fuerte que venía del fondo del establo.

—Don Palomo —dijo Lizzie. El caballo grande le daba coces a las paredes. Lizzie se preguntó si el ruido asustaría a Golfo, pero Golfo no parecía asustado en lo más mínimo. De hecho, tiraba de la correa en esa dirección.

—Quiere conocer a Don Palomo —le dijo Lizzie a Charles—. No creo que sea buena idea.

Se imaginaba al caballo pisoteando al pobre perrito, o mucho peor, dándole una coz.

En ese momento, Katia salió del establo de Esfinge con un tridente en la mano y limpiándose el sudor de la frente.

—¡Ay! —dijo—. He terminado por hoy. Ya está todo limpio. ¿Es ese Golfo?

Se arrodilló y abrió los brazos. Golfo dio un tirón tan grande, que Lizzie tuvo que soltar la correa. El perrito salió disparado en dirección a Katia. Comenzó a lamerle la cara mientras ella lo abrazaba.

—Bueno, bueno. ¿Cómo estás? Eres increíble.

A Golfo le encantó esa persona. Le gustó mucho, pero mucho, mucho. ¡Qué bien olía! Y se daba cuenta de que él también le gustaba a ella.

Katia le dio un abrazo muy fuerte a Golfo y Lizzie pudo ver lágrimas en sus ojos. Sabía que Katia estaba pensando en su antiguo perro, Pimienta. Katia también sonreía.

—Es un amor —dijo Katia, finalmente, poniéndose de pie y sacudiéndose el heno de sus *jeans*—. Va a ser más grande que mi otro perro y tiene más manchas de las que tenía Pimienta, pero tiene la misma personalidad. Siempre de buen humor, curioso y siempre buscándose problemas.

—Golfo, sin dudas —dijeron Lizzie y Charles al unísono. Lizzie le presentó su hermano a Katia.

—¡Bienvenido al establo! —le dijo Katia a Charles con una sonrisa—. Este perrito te debe de dar mucho trabajo. Los Jack Russell no son fáciles de entrenar. Pero vale la pena el esfuerzo. Pimienta fue el mejor perro del mundo, una vez que decidió hacerme caso de vez en cuando.

Katia suspiró. Luego se sacudió y le preguntó a Lizzie:

—¿Estás lista para la lección?

—Seguro que sí —contestó Lizzie.

—Yo creo que William ya te ensilló a Sally —dijo

Katia y llamó a William, que estaba al otro lado del establo—. ¡William!

Del cuarto de los arreos salió un hombre.

—Sally está lista —respondió William.

—¿Quieres conocer a Golfo? —le preguntó Katia a su esposo.

Lizzie vio que William negaba con la cabeza.

—Estoy ocupado —dijo, dio media vuelta rápidamente y salió del establo.

Katia se encogió de hombros.

—No se lo tomen a mal. Él extraña mucho a Pimienta. Eran grandes amigos —se disculpó—. Bueno, ¿qué va a hacer Golfo mientras tú y María dan las clases?

—Charles lo va a atender —dijo Lizzie.

—Excelente. Vámonos —dijo Katia levantando el dedo pulgar en dirección a Charles. Se adelantó y las niñas la siguieron hasta el picadero donde ya esperaba Sally.

Cuando Lizzie estaba acomodada en la montura, Katia le dio la noticia.

—No voy a guiarte más con la soga. Hoy, irás sola. Tú le dirás a Sally adónde quieres ir y cuán rápido.

A Lizzie le dio un vuelco el corazón.

—¿Cuán rápido? —preguntó—. ¿Quieres decir que yo debo hacerla trotar o algo así?

Lizzie sabía que trotar era ir un poco más rápido que al paso. Luego venía el medio galope y luego el galope tendido. De ninguna manera se sentía lista para ninguno de ellos. Y, especialmente, porque sabía que tenía que empezar por aprender la postura. Esto quería decir, poner la espalda derecha y subir y bajar el cuerpo en coordinación con los movimientos del caballo. Lizzie había observado a María, pero no tenía la menor idea de cómo hacerlo.

—Comienza llevándola al paso —dijo Katia—. Sally no tiene prisa. Ella puede caminar todo el día.

Katia le sonrió.

—Vamos, vamos, dile ¡arre! Después comienza a darle la vuelta al picadero por la derecha.

Lizzie hizo un chasquido con la lengua y le dio a Sally una patada. Luego, cuando Sally comenzó a caminar, haló la rienda de afuera como le había enseñado Katia y ¡Sally giró!

—¡Oh! —dijo Lizzie muy alto. No podía parar de reírse. ¡Estaba montando sola!

Durante la próxima media hora, Lizzie se olvidó del mundo. Estaba tan concentrada en la clase que probablemente no se hubiera dado cuenta de si el establo echaba a andar y desaparecía.

Pero sí se dio cuenta de que Charles estaba llamando a Golfo.

—¡Golfo! —gritaba—. Golfo, ¿dónde estás?

Golfo no aparecía por ninguna parte.

CAPÍTULO DIEZ

—Charles —dijo Lizzie acercando a Sally a la valla que rodeaba el picadero—, ¿dónde está Golfo?

Desde arriba del caballo Lizzie miró a su hermano y le pareció pequeñito. Estaba muy, pero muy pálido.

—No sé —admitió Charles—. Me cansé de aguantarlo y se estaba portando muy bien. Tú estabas ocupada en la clase y Katia me dijo que podía atarlo a la cerca —dijo señalando un poste cerca del portón—. Fui a ver a María al otro lado del picadero y ¡de repente desapareció!

Lizzie sabía que Charles estaba muy preocupado.

—No es tu culpa —le dijo.

Entonces se acercó Katia, le puso un brazo sobre los hombros a Charles y le dijo:

—No te preocupes. Vamos a encontrar a Golfo —Miró a Lizzie—. Creo que esto es todo por hoy. ¿Necesitas ayuda para bajarte?

Lizzie negó con la cabeza.

—No, gracias —Lizzie ya sabía desmontar sola. Quitó el pie derecho del estribo y pasó la pierna por encima de Sally—. Yo la llevo al establo. A lo mejor Golfo está allí. Me parece que le gustaron los caballos.

—Está bien —dijo Katia—. Tú buscas allí y Charles y yo buscaremos en otros lugares.

Lizzie se dirigió al establo con Sally, deseando escuchar el ladrido de Golfo. Parecía que el establo era el único lugar donde Golfo se calmaba. Desde que llegaron, Lizzie no lo había oído ladrar ni una vez. ¡Si estuviera ladrando, lo encontraría enseguida!

Le tomó un tiempo acostumbrar la vista a la oscuridad del establo. Llevó a Sally a su establo.

—Espera aquí —le dijo a la yegua—. En cuanto encontremos a ese cachorrito regresaré para quitarte la montura.

Le acarició el cuello y cerró cuidadosamente la puerta. Caminó por el pasillo revisando cada establo en caso de que Golfo se hubiera colado por debajo de las puertas. No estaba con Bravo, ni con Pinto ni con Esmeralda. Esfinge estaba sola y Azabache también.

Lizzie trató de escuchar si Don Palomo estaba dando coces, pero el establo estaba en silencio.

—¿Qué pasa? —preguntó María entrando apresurada al establo. Todavía llevaba el casco puesto—. ¡Me dijeron que Golfo se ha perdido!

Lizzie afirmó con la cabeza.

—Estoy mirando todos los establos —dijo mientras caminaba en dirección al fondo del establo. Golfo se había interesado en Don Palomo. ¿No se habría metido allí con él? ¿Por qué no se oía nada al fondo?

María se dio cuenta de dónde se dirigía Lizzie.

—¡Ay, no! —dijo—. ¿Tú crees que...

—Espero que no —contestó Lizzie.

Las dos niñas corrieron al fondo.

—¡Vacío! —dijo Lizzie cuando miró adentro. Golfo no estaba allí. ¡Ni tampoco Don Palomo!

—Don Palomo está en la pradera —oyeron decir a William a sus espaldas—. Pensé que estaba aburrido y necesitaba ejercicio y hierba fresca.

—Me pregunto si Golfo estará allí también —dijo Lizzie.

—¿Se ha perdido? —preguntó William.

William, Lizzie y María corrieron hacia la pradera.

Llegaron a la cerca a la vez que Charles y Katia.

—¡Allí está Don Palomo! —dijo María señalando.

El enorme caballo estaba pastando tranquilamente bajo la sombra de un gran árbol.

—¡Y allí está Golfo! —dijo Lizzie.

La niña no podía creer lo que veía. El cachorrito estaba acostado a la sombra justo al lado de las patas de Don Palomo. Parecía estar muy contento y relajado. ¡Lizzie nunca lo había visto así antes!

—Parece estar agotado —dijo Katia.

—¡El caballo puede patearlo! —dijo Charles.

—Lo dudo —dijo William calmadamente—. Don Palomo parece estar encantado de tenerlo cerca.

Lizzie pensó que lo mejor era llamarlo.

—¡Golfo! —gritó.

Si a algo ella lo había enseñado era a venir cuando lo llamaban. Efectivamente, Golfo se puso de pie de un salto y corrió en dirección a la cerca arrastrando la correa.

Don Palomo lo vio alejarse. Comió un poco más de hierba y luego lo siguió al trote. Lizzie, Katia y William se miraron sorprendidos.

El caballo y el perrito llegaron a la cerca al mismo tiempo. Golfo saltó y puso las dos patas delanteras en la cerca junto a Lizzie. Metió el hocico y le lamió la cara a Lizzie cuando la niña se agachó para recoger la correa.

¡Hola! ¡Hola! ¡Hola! Golfo estaba muy contento de ver a su vieja amiga. Se preguntó si a ella le gustaba su nuevo amigo. Nunca había estado en un lugar mejor. ¡Cómo le gustaba! Lamió a la niña de nuevo en agradecimiento por haberlo llevado allí.

Mientras tanto, Don Palomo restregaba la nariz suavemente en el bolsillo de la chaqueta de Katia.

—¿Es esto lo que quieres? —le preguntó Katia sacándose una zanahoria del bolsillo. Don Palomo la tomó con cuidado. Tenía las orejas derechitas y relin-

69

chaba suavemente moviendo la cabeza arriba y abajo como dando las gracias.

—¡Increíble! —le dijo Katia a William—. No lo veía tan feliz desde...

—Desde los días en que Pimienta andaba por aquí —concluyó William—. ¿Cómo no nos dimos cuenta antes? Lo que le pasaba era que extrañaba a su amigo, eso es todo. ¡Esa es la razón por la que ha estado tan malhumorado!

William se agachó para acariciar a Golfo en la cabeza.

—¡Eres un gran perrito!

Lizzie miró a Charles con las cejas levantadas. Charles asintió. También lo hizo María, que entendió rápidamente lo que Lizzie quería decir.

—¡Hazlo ahora! —le susurró María, dándole ánimos.

Lizzie respiró profundo.

—Me parece —dijo Lizzie dirigiéndose a Katia y a William—, que Golfo se siente realmente feliz aquí en el establo. No será el mejor perrito para tener dentro de la casa, pero se porta muy bien cuando tiene suficiente espacio y muchas cosas interesantes que hacer y ver.

Katia estaba de acuerdo. Tomó de la mano a William, y este la miró y luego miró a Golfo.

Lizzie continuó.

—¿Querrían adoptarlo?

Lizzie no tuvo que esperar por la respuesta. La podía ver en sus caras, en su manera de sonreír al arrodillarse para acariciar a Golfo.

El cachorrito malcriado había encontrado un hogar, y el mejor del mundo para él.

Lizzie sintió un poco de tristeza. Golfo era difícil, pero ella se había encariñado con su bella carita y su personalidad. ¿Tendrían que decirle adiós a todos los cachorritos que su familia acogía? ¿Se quedarían alguna vez con uno de ellos? Lizzie tenía la esperanza de que, algún día ella, Charles y Frijolito tendrían su propio perro. Pero por ahora, estaba feliz de haber encontrado el hogar perfecto para Golfo.

CONSEJOS PARA CUIDAR UN CACHORRITO

Todos los perros son maravillosos, pero no todos son ideales para todas las familias. Antes de enamorarte de una raza específica, sería una buena idea aprender sobre la personalidad y las necesidades de esos perros.

Un perro grande que necesite mucho ejercicio no es la mejor opción para gente que viva en un apartamento pequeño en la ciudad. Algunas razas son buenas para familias que tienen niños pequeños y otras se llevan bien con los gatos, mientras que otras no. A algunos perros les gusta nadar y a otros les gusta correr. Y para las personas a las que les gusta tener su casa perfectamente limpia, ¡existen perros que no sueltan pelo!

Puedes aprender más sobre las diferentes razas de perros en los libros o en el Internet. Pídele ayuda a un adulto para hacer las investigaciones. Luego, conversa lo que aprendiste con tu familia, antes de decidir qué raza de perro es la mejor para ti.

Querido lector:

Yo creo que los Jack Russell son adorables, pero al igual que Lizzie, prefiero los perros grandes. Mi perro Django es un labrador retriever negro. Es muy grande y tiene las patas y el cuerpo largos.

Cuando la gente lo ve, siempre dice: ¡Qué perro tan grande!

A veces, añoro los días en que era solo un cachorrito y podía sentarse en mis piernas. Si Django tratara de sentarse en mis piernas ahora, me aplastaría.

Mi amiga Annie tiene dos caniches miniatura y los dos se pueden sentar en mis piernas a la vez. Bueno, tengo que admitir que los perritos pequeños tienen sus ventajas.

¿Cuáles te gustan más, los perros grandes o los perros pequeños? ¿Por qué?

Atentamente,
Ellen Miles